기억 몸짓
안태운 시집

문학동네시인선 216 안태운

# 기억 몸짓

## 시인의 말

어느 날에는 시간이 흘러가도록 만지지 않았다

2024년 여름
안태운

# 차례

# 여울

벗나무를 의인화했다. 기억이 흘러가도록 놔두었다. 그 여름 흰발농게를 떠올려보았다. 뒤꿈치를 들고 걸었다. 너는 군집을 이루었다. 토착어를 연습했고 이끼를 먹었다. 먹혔다. 돋보기를 썼다. 낳았다. 나를 의인화해보았다. 피가 나고 있었다. 오목눈이를 보았다. 누치를 보았다. 그림자의 빛. 나를 의인화하고자 했다. 계속 시도했다. 잔물결. 망설임. 거두어 가지 않음.

## 하오

손끝의 장소
물갈퀴로 흘러드는 횡목
하오
당신은 몸이 어디서 시작되고 끝나는지 모르는데
당신은 부딪치오
시간의 끝에서 울다
공간과 사물로 있다
발가락을 움직여봐
모빌과 함께 산책해 있다
당신은 양의 집 근처에 가서 부른다
하지만 양은 어딘가로 나가 있었다
그러므로 당신은 뒤돌아 뛰어갔다
하오
놀았다오
자러 가기 전에 안부를 물었다오
음소 단위로 노래를 불렀다오
아름다웠다오
두 얼굴 뒤에 숨었다오
커튼 뒤로
내 뒤로
어느새 내 앞으로
도요새가 날아간다
당신은 몇 걸음 걷다가 체육을 했다

기억의 덩어리가 날아들었다
쐐기의 관계
하오
건물에 빛이 들어오고 있었다
구름은 광장처럼 떨었다오
그사이
당신은 뒤돌아 망설였다오
우표를 붙였다오
당신을 사랑하오
수레와 함께 움직인다
민달팽이가 퍼져나간다
잔등과 환초
하오
당신이 어른이 되다니
당신이 어른이 된다니

# 문득 그 계절이 되는

문득 그 계절이 되는. 나는 할머니가 살았던 곳의 담벼락을 거닐고 있었는데 문득 그 계절을 걷게 되면 내게 파도가 밀려오는 듯하고 나는 순간 놀라 다음 걸음을 걷고 또 놀라 그다음 걸음을 걷고…… 놀라서 걷는 걸음이 다음 걸음이 되는. 거기서 하염없이 멀어진 채로 떠돈다면 나는 파도의 걸음이 되는 듯하다고 파도의 걸음으로 걷고 있는 것처럼 느껴져 기분이 좋아지고 문득 그 계절이 흘러드는.

그러면 꿈을 꿀 수도 있을 텐데. 어느 날엔가 불현듯 떠오를 만한 꿈. 이 꿈속에서는 누군가 사과를 하고 또 누군가 용서를 하고 나는 그 둘 다가 되어서 사과와 용서를 하고 그래 미안해 그리고 괜찮아, 헤어나올 수 있을 거라고 이 꿈을 마저 꾼 다음에는 어디로든 들어가버리자고 숨어버릴 수 있다고. 문득 잊어버린 꿈을 꾸고 난 후가 되어 있었지. 그러니 파도 속으로 들어가면 좋을 텐데. 바람 속인지 물속인지 모르는 채로 파도라는 것 속으로 들어가면 모든 게 서툴러지는 듯하고 문득 그 계절이 되는.

계절은 흔들릴 수 있을까. 흔들렸어, 잠깐 흔들렸던 것 같다고 방금 전 그 계절을 되돌아보며 멈칫했는데, 할머니? 하고 불러볼 수도 있을까. 할머니? 하고 부르면서는 다시 할머니라고 부르고 싶은 다른 것들이 생겨나나. 그 계절이 된다면. 문득 그 계절이 감은 눈 속으로 흐르는 노래라면 고추밭 너머에 있는 방파제라면 가을 평상으로 흘러드는 구름의 숨결이라면 내 앞에서 생겨나는 것들에 대해서 할머니?

내 앞에서 가만히 있는 것들, 테킬라와 감귤과 소라와 창
문 너머 점멸하는 불빛에 대해서 할머니? 하고 불러보았는
데. 문득 그것들한테는 너라고 할 수도 있어서 그 계절이
되는. 할머니한테도 순간 너라고 불렀으므로 기이한 느낌
이 드는. 할머니한테 너라고 하다니, 나는 놀란 걸음으로
다시 걸어가고 다음 걸음을 놀란 채 딛다가도 문득 너는 누
구입니까.

너는 누구인가요. 그 계절에는 다만 일기를 쓰는 사람인
가요. 너는 어떤 사람인지. 문득 적은 일기로 그 계절이 되
는 사람인가요. 너의 일기로 계절은 흐른다. 흐른다. 파도
가 낸 길은 닿기도 전에 이미 젖은 채 흘러가고 있었습니다.
너는 여자가 되기도 남자가 되기도 하나요. 그리움이 되기
도 하나요. 나는 닿을 수 있나요. 일기에 무엇을 적었습니
까. 나는 들여다보려다가 머뭇거렸습니다. 이윽고 손대자
나는 퍼져나갔죠.

## 아이와

춤추고 있었지. 아이와 둘이 있을 때, 아이를 돌보며 아이의 시선을 끌려고 하면서. 날 바라봐주었으면 하는 건 사실 아니지만, 칭얼대고 있으니까 칭얼대길 멈추길 바라며. 주위의 움직이는 것들에 관심을 쏟게 하려고. 그렇게 나도 주위의 것이 되어 움직이고 아이 앞에서는 그러니까 아무 말이나 할 수도 있었어. 아이의 이름을 부르면서. 하지만 다른 이름들도 부르면서. 사물들의 이름을. 그러다가 그 이름들로 이루어진 노래도 부른다. 익숙한 멜로디에 가사를 지어 붙이면서 몸을 다채롭게 흔들었지. 주로 경음으로, 빵과 껑과 쌍과 똥과…… 이 몸짓과 이 노래를 어딜 가면 할 수 있겠어? 창피해서 차마 못 하는 그런 것들을 아이 앞에서는 했지. 해볼 수 있었지. 나는 손뼉을 친다. 아이는 웃는다. 내가 먼저 친 손뼉을 아이는 따라 치고. 그러다가도 칭얼대며 운다. 순간 아이는 미래를 보나, 하는 생각도 들었고. 모르겠으니까, 아이가 왜 웃는지 왜 우는지. 그리고 나는 아이의 훗날을 상상하지. 아이가 다 컸을 때 내게 하는 말을. 삼촌, 그건 다 연극이었어? 어렸을 때 앞에서 이상한 노래 부르고 이상한 춤 췄잖아. 나는 놀라워하면서, 그걸 다 기억하고 있구나, 신기하다, 신기해. 그렇게 내가 미래의 아이를 안아주었으면.

## 공에 대해서라면

나는 거기 있었네요. 그래서 공을 주웠는데 주울 때 내 팔이 세 개라고 느껴져 신기하군요. 내 몸의 여러 팔들이라니. 그리하여 아연해질 수 있다니. 하여튼 공에 대해서라면, 나는 따라가볼 수 있었습니다. 공 모양의 온갖 것들을 한꺼번에 굴려보기도. 굴러가는 공으로 그 공의 다양한 공간들을 떠올려보기도. 또한 공은 얼굴을 숨기고 있다고 생각에 잠기기도? 정말 그랬나요? 이내 갸웃거렸고 하여튼 어느 날엔가 공을 주웠는데 나는 거기 있었네요. 누구의 공일까, 잠깐이라도 공에 닿은 무수한 소유자들을 상상해보기도 하고요. 만지면 그 촉감이 내 얼굴을 만지는 듯하다고도? 아니, 설마요. 나는 혼자 공을 튕기고 있었죠. 내 친구가 다가오는 줄은 몰랐는데. 눈 마주치자 우리는 묻고 대답했습니다. 나의 굴러가는 친구여, 생활은 어떤가요. 나의 굴러가는 생활이여, 친구는 어떤가요. 우리는 고개를 갸웃거리는군요. 친구는 내 공을 바라보며 말했죠. 그거 품어볼 수 있나요, 혹은 깨지기도 하나요? 설마요. 나는 놀라 공을 움켜쥐었습니다. 너무 놀라서 떨어뜨렸어요.

## 솔방울

말하고 있는 사람들, 식당에 모여 할 수 있는 말을 오래 지속하고, 찻잔이 나오면 손끝을 대보고, 과일이 탁자 위에 놓였을 때

자몽 귤 키위

말은 어떻게 새어나오는가, 오종종하니, 입 모양은 어떻게 다른가 또 흐르는가, 한국어 단어는 어떤 모습인가, 너희 중 불쑥 누군가 꺼낸 말, 죽은 후 시신이 어떻게 되길 바라니? 죽고 나면 그 몸이 어떻게

어떻게? 몰라 모르지만 살아생전 정할 수 있다면

물비늘
냉이

희는 말했고, 그러니까 논이든 들이든 기왕이면 산이면 좋겠구나, 그 위에 몸이 놓인 채 내내 그러고 있기를, 부패할 텐데, 몸은 산에 사는 생물들 하나하나에 휩싸여서, 천천히 먹힘의 대상이 될 텐데 그래도 괜찮다는 마음

제는 말했어, 죽은 몸이 불타 재가 되기를, 화하여 흩뿌려지는 게 좋다고, 영화를 볼 때마다 그 영화의 결말에서도 모

든 게 불타버릴 때 그렇게 끝나면 얼마나 좋은지, 수분 없는
청백함, 영에 대한 갈망, 오롯한 소멸

　회오리 항아리
　앞이마겉질

　유가 말했는데, 그대로 묻힌 채 있다면 좋겠지만, 다시 살
아나는 몸? 그리하여 걸어가는 몸인데 혼자 아무도 없는 골
목으로 그러다가 혼자 춤추고 정말? 또 걷다가 상념에 잠기
고 하는, 그런 걸 바라나 모르겠다 그냥 지어내봤어, 웃고

　말괄량이
　눈사람
　수라

　너는 기억하고 있었지
　식당에서 나와 걷다가 헤어질 때 솔방울을 따서는
　친구들의 옷 속으로 몰래 집어넣었어

## 인간의 어떤 감정과 장면

여러 날들에 대해
인간의 어떤 감정과 장면에 대해 떠올리면
뉘에게, 그럴수록 그 장면과 감정이 낯설어지고
그 하루
그 이틀
우연히 그게 설렘 그게 각오 그게 우연히 께름칙함 그게
상충 그게 스밈 우연히
뉘에게, 생활을 하다가 문득 이 환경이 낯익다는 생각이
들면
돌아오는 길에 블루베리와 양말과 순두부를 사기도 하고
그 형태와 색감을 새롭다는 듯 바라보기도 하고
그러면서 화폐를 오랫동안 써왔군, 생각해
화폐라는 게 나타나기도 하고 사라지기도 하면서 오랫동
안 이어져 매개체라니 금융이라니 축적이라니
나도 화폐처럼 주고받으며 어느 손에 순간 닿았나 혹은 닿
지 않는 생태로 어떻게든 이어졌나 하는 마음도 들고
뉘에게, 어떤 날들을 떠올릴 수 있을까
되비친다고
배어든다고
그게 놀라움 우연히 그게 결절 그게 섦음 우연히 그게 충
일 그게 숙연함 우연히
훗날 생각날지도
동물원이 일터인 사람들에 대해

여러 양가감정을 느끼면서도 그곳의 인간으로서 할 수 있 ㅡ
는 걸 최대한 감당하며 하는

맡아 기울이고 자연에 가깝게 궁리하고 자연으로 되돌려
보내고 또 남아 지내면서 다른 인간을 말리기도 하면서

야생동물은 스스로를 연민하지 않는다고도 감각하면서

그 하루

그 이틀

뉘에게, 잘 지내는지

나는 육교에서 숍에서 제방에서 공원에서 우리가 만든 공
간을 지나가면서는 새삼 인간의 생활권이군, 생각해

휴일이 되어 또다른 곳으로 가면 그 공간에 꽃이 있고 풀
이 있고 잎이 있고 산책하는 동물이 있다고

어떤 동물은 인간을 피하지 않는군요 그게 낯설 때가 있
는데 그들 중 어떤 동물은 직업이 있고

직업이 있는 동물은 여러 인간의 생애를 마주보며 이윽
고 또다른 인간들을 거쳐가는군요 그렇게 시간이 흐른다고

여러 날들 속에서

뉘에게, 잘 살아가고 있는지

그러니까 어느 권역을 헤매고 있을지 궁금해

어떤 감정과 장면으로 이루어져갈지

나는 여기 있어

흐르는 일부로서 성긴 그물을 던지자며 그것 속에서 포
획되자며 여기

취주악과 봄바람에 대해 멀리 있는 사람이 되어 과거를 상
기해보기도 하고
  죽은 사람의 영상을 미래에 되감아보기도 하면서
  여기 있어
  먹으면 그 동물의 상징이 된다는 인간의 발상에 순간 소
스라치기도 하면서
  뉘에게, 어떤 것들은 불현듯 한꺼번에 저기 지나가는 듯
도 하고
  나는 순간 의지를 지닌 채 실행하기도 또 물러서기도 하고
  기억을 지피는 사람이 되기도 해
  인간으로서 잘 살아간다는 게 무엇인지
  뉘에게, 나는 안부를 물으며
  여기 있어
  여기 있다는 건 어떤 느낌인지, 문득 낯설어하며
  주위를 둘러보았지

## 호랑

내가 호랑으로 몸을 기울일 때 늘 늪은 내 손에 닿았고 거
기서 호랑이 나온다면 나는 놀라서 그 늪으로 자빠지겠지
나는 물감이 되겠지 나는 늪의 생물들 속 인간이 만든 총으
로 잠기고

## 기러기보자기 연습

### 1.

그가 걸어간다. 호주머니에 손을 넣었고 천의 촉감이 느껴졌다. 그는 그것이 기러기보자기임을 깨닫는다. 기러기보자기는 혼례를 치를 때나 쓰이는 건데. 기러기는 어디 있고 왜 기러기보자기만 여기 있나. 그는 그것을 기러기보자기라고 생각하는 자신에 대해서도 의심을 품고. 문득 그는 기러기를 찾으러 떠난다. 혹은 오리라도 볼 수 있으려나. 그는 천변으로 가고 있다.

### 2.

그는 전통 혼례식에 있다. 곧 부부가 될 사람들은 그의 친구들. 그는 흐뭇하게 광경을 바라보고 있다. 기럭아비가 기러기보자기를 두른 목각 기러기를 신랑에게 전달하고, 신랑은 그것을 전안상 위에 놓는다. 신랑이 절을 하려는 찰나, 어쩐지 그는 뛰어들어 목각 기러기를 움켜쥐고 있었다. 기러기보자기는 풀어 던진 후 목각만 든 채 달아나고 있었다. 신랑 신부와 하객들은 그를 바라본다. 그때 나는 기러기보자기를 주웠다. 내 손목에 묶는다.

### 3.

너는 연못을 주기적으로 기닌다. 절뚝거리는 기러기를 여러 날 동안 관찰한 후 너는 그 기러기의 상태를 살펴봐야겠다고 결심한다. 너는 기러기를 야생동물병원으로 데려온다.

기러기는 거북에게 물린 듯하다. 너는 검사 후 수술을 감행한다. 기러기의 상태는 다행히 호전되어간다. 너는 기러기에게 이불을 덮어준다. 푹 자면 내일은 날아갈 수 있을 거야, 웅얼거리며 너는 잠이 든다.


4.

거리를 걷다가 그는 붉은 천을 발견한다. 요모조모 살펴본다. 그 형태가 희한하게 느껴진다. 이상하다. 가오리연 같달까. 마름모꼴인가. 한 꼭짓점에 꼬리가 둘 달려 있어. 그는 천을 접어 종이비행기를 만들어본다. 날려본다. 잘 날아가지 않는다. 그는 벤치에 앉아 내내 시도한다. 나는 그 모습을 바라보고 있다. 그만 날리세요. 그건 감싸는 용도입니다. 기러기보자기입니다. 이렇게 감싸는 거예요. 나는 왼손을 부리처럼 만들어본다. 천을 왼손목에 묶는다. 그는 내 손목을 만져본다. 멀리 날려보려 한다.


5.

그는 기러기보자기를 선물로 받았지. 하지만 기러기는? 목각 기러기는? 없네. 기러기보자기만. 이걸로 뭘 해야 하나, 골몰했지. 책상 위에 기러기보자기를 올려놓았지. 감쌀 수 있는 것을 찾아야 할 텐데. 무엇이 어울릴까? 핸드폰? 거울? 지갑? 연필? 여러 가지를 기러기보자기로 묶어보았지. 그것들을 창턱에 두었다. 신기하네. 그러면 바람을 부르는 듯했지.

6.

나는 기러기보자기를 구겼다가 폈다. 구긴 채 던졌다가 도로 회수했다. 펴서 던졌다. 내 얼굴을 감싼다.

7.

너는 잘 때 자주 뒤척인다.

8.

너는 공원을 걷는다. 붉은 천이 날아오길래 주시한다. 너의 발 앞에 떨어진다. 네가 주우려 하자, 한 사람이 허겁지겁 달려옴. 그 천의 주인인 듯하다. 너는 동작을 멈춘다. 가까이 온 그의 반응을 기다린다. 하지만 시간이 흘러도 그는 별 기색 없음. 시선을 돌려 너는 천을 줍는다. 골똘히 바라본다. 그는 순간 기러기보자기의 형태를 관찰하는 네 모습을 사진으로 찍음. 그후 그는 떠남.

9.

그는 기러기보자기를 애지중지합니다. 어디서 구했는지는 모르겠지만 여하튼 그는 만지작거립니다. 그와 기러기보자기는 욕조 속에 있습니다. 함께 놀며 따뜻한 물속에서 피로를 풀고 있습니다. 기러기보자기를 물에 집어넣기도 띄워

놓기도 하면서. 허허허, 그는 기러기보자기를 자신의 목덜미에 올려놓으며 미소 짓는군요.

## 오송

　눈을 떴고 어두웠고 지금은 새벽이군, 어렴풋이 인식했고
당연한 일이라며 시간을 흘려보냈는데 여전히 어두웠고 순
간 나는 새벽이라는 시간을 무수히 지나쳐왔다고 느끼게 되
었다. 새벽, 그렇게 있으면서 새벽에 깨어나면 눈뜬 채 가
만히 누워 있기도 간혹 앉아보기도 했고 하지만 밖으로 나
가지는 않고 새벽은 매번 지나가고 있었고 또다른 새벽에는
물론 꿈속이었을 테고 어느 날 깨어날 때도 눈감은 채 잠을
청하거나 날 밝길 기다렸던 것 같은데. 하지만 그때마다 일
어나 밖으로 나가보았다면. 깨어난 새벽마다 어디든 나가보
았다면 무엇을 볼 수 있었을까. 어떤 일을 겪었을까. 그러므
로 나는 새벽, 지금에라도 나가야 할 것 같다고 느꼈네. 몽
롱한 상태로 마침 이곳은 고향집이었으므로 더 가볼 수 있
는 곳은 시내가 아니라 제(堤)일 것 같아서. 물과 나무가 우
거진 곳으로 가보자 하면 더 가볼 수 있을 것 같아서 향했고
향하는 동안 날파리 한 마리가 내 눈앞에 날아들어서 눈을
감았고 나는 그 눈감는 순간이 마치 날이 저무는 듯 천천히
지속되는 듯 그렇게 내가 천천히 눈을 감아 내 눈을 내어주
는 듯해서 오래 기억할 것만 같았는데 이내 날파리는 사라
지고 없는데 내내 걷고 있었으므로 눈앞에는 제가 나타났는
데. 서서히 드러나는 제, 그 물과 주위를 둘러싼 나무들. 나
는 이 새벽 여름이 좋았고 제를 돌았고 서서히 밝아질 것 같
아 하지만 그러지 않길 바라며 걸어가고 있다. 문득 이 제
에 대해서 들었던 이야기가 떠올랐다. 이 제의 물을 다 빼낸

적이 있었어. 정비 사업을 한다고 관청에서 사람들이 왔었지. 마침내 제의 물을 다 빼냈고 물이 다 사라지니 남은 것은 물속에 있던 선연한 물풀과 물고기. 어떤 주민들은 거기서 그 모습을 바라보고 있었어. 몇몇은 물고기를 품은 채 데려갔나. 그 물고기를 어떻게 했을까. 누군가는 눈물을 흘렸을까. 몰라. 그 물고기가 어떻게 되었는지는. 하지만 관청에서는 왜 이런 짓을 하는 걸까. 몰라. 이윽고 제는 다시 물로 채워졌어. 물이 다시 생겼다. 생겨났다. 빼냈지만. 그러하여서 내가 지금 둘레를 걷고 있는 이 제의 생태계에는 온갖 생물이 살아가고 있는데, 실잠자리와 미나리, 갈대, 쇠물닭, 왜가리, 부들, 물꼬리풀, 거미, 송사리, 소금쟁이가 있었고 그 모습들을 바라보다가도 나는 시간이 지나 뜨거워질 한낮을 떠올려보기도 했고 한낮의 조그마한 그늘을 지나가고 있을 개미가 연상되기도 했는데. 한낮이라면 집이나 카페에 앉아 나는 가만히 머물 텐데 무더위를 피하며 하루를 날 텐데 하지만 지금은 새벽이라 좋았고 다시 떠오르는 장면이 있었다. 한 달 전쯤에 이 제를 거닐었던 기억, 비가 쏟아지는 날이었다. 그날에도 나는 고향집에 있었으므로 비를 바라볼 수 있었고 우산을 쓴 채 밖을 거닐고 싶었고 그때도 마음껏 거닐 수 있는 곳은 이 제였으므로 향하여 갔고 비가 몰아쳤지만 제 둘레의 산책로로 들어서면서는 아늑하다는 기분이 들었다. 숲이 우거져 있었으니까. 비는 나무 이파리들에 닿은 후 흘러내렸으니까. 나는 쏟아지기보다는 흘러내리는 비를 맞고 걸어갈 수 있었으니까. 그 빗소리를 내내 들으면서 돌고 있었는데, 여기저기서 개구리 소리가 울렸다. 그게 좋았다. 좋았어. 소리만 들리다가 순간 개구리가 정말로 산책로에 나타나기도 하여서 그 광경을 신기하게 바라봤는데 풀쩍풀쩍 뛰는 여러 마리의 개구리가 왔다갔다하고 나는 놀라고 혹시나 내가 밟을까봐 조심조심 바닥만을 바라보면서 걷고 옆으로 시선을 옮기면 수면의 생기, 무수히 일어나는 기적들, 내리는데 오히려 올라가는 꿈틀거림이 파다하고 나는 한 인간을 떠올리기도 했다. 오래전 한 인간은 뭍에서 당연하다는 듯 숨쉬며 걸어갔을 텐데 물을 발견하게 되어서 그곳으로 들어가게 되었고 이내 잠겼고 평소처럼 물속에서도 숨을 쉬었겠지만 이상하다는 감각, 못 참겠다고 수면 위로 올라왔는데 물속이라는 건 기이하군, 깨달은 인간이라니. 나는 그 인간의 표정을 어느새 수면을 통해 바라보는 듯도 했다. 그날 나는 어땠나. 나는 비 오는 제를 몇 번이고 걸을 수 있었나. 이곳을 자주 오는 이유를 물론 내내 알아채고 있었나. 왜냐하면 제의 근방에 우리 개가 묻혀 있으니까. 나는 여름이 되어 무성해진 이곳을 돌면서 안도감이 들었다. 제의 둘레와 잠시 멀어져 우리 개의 무덤이 있는 곳으로 향하면서도 모든 게 자라나 있었으니까 마음이 놓였어. 이것들이 우리 개를 보호하고 있다는 생각이 들었으니까 부러 풀을 헤치며 무덤 가까이 가지는 않았다. 다만 다시 제를 돌았고 우리 개를 떠올렸고 나는 우리 개의 꿈을 자주 꾸며 살아갔다는 생각이 들었고 여러 마리의 꿈 중 하나가 기억났는데. 꿈속에서 나는 우리 개를 잃어버렸고 순간 똑같이 생긴 우리 개가 여러 마리 나타났어. 우리 잘 지내자고? 뒤돌아가보자, 하며 함께 걸었는데 그때 나는 이제 안 잃어버릴게, 하고 다시 뒤돌아봤는데. 우리 개의 꿈들은 반드시 잠 깨게 하는 꿈 같다. 새벽을 맞이하게 하는 꿈 같다. 동트지 않았는데도 일어나게 하는 꿈 같다. 그때마다 나는 꿈에서 깨기 직전 우리 개가 내 왼쪽 겨드랑이에서 자다가 움직여 내 오른쪽 겨드랑이로 옮겨 오는 감촉을 느끼는 듯했는데 나는 깨어나며 머금는다는 느낌이 들었는데 눈물이 흘렀는데. 이따금 고향집에 머물며 제를 돌면서는 서러운 꿈 감각, 서러운 꿈 감각, 하며 되뇌었던 기억이 있었고 지금 여름 새벽 나는 이 제를 걷는군요. 아침이 되어갈 것 같군요. 이윽고 날이 밝아지는 것 같다. 하지만 영영 날이 밝아지지 않을 것도 같다. 새벽, 나는 제에 다가가 물속에 손을 담그는군요. 손으로 휘젓네. 내 손의 움직임을 느끼며 순간 기척할 생물들이 있고 나는 제를 떠나고 있고 몇 시간 뒤 한낮에는 그늘 아래 앉아 있을 것 같은데 새벽 여름, 나는 잠긴 채 있었구나. 나는 잠긴 채 있었어. 훗날 깨달았지.

# 접면

접면. 수어 통역이 있었던 연극에서는 무대가 둘. 전면의
무대에서 연기하는 배우들. 시대극. 길어올린 목소리. 한 명
당 한 배역. 크고 넓은 동작. 그 옆에 마련된 무대에서는 수
어로 연기하는 배우들이 있었고. 동시에 서 있을 수 있는 사
람은 최대 넷. 한 명당 여러 배역. 비좁은 공간이니 다만 추
상하는 동작. 얼굴 표정만은 크고 넓게. 그 모습을 넋 잃은
채 바라보며 앉아 있었고. 타인의 삶이라니. 이어져왔던 그
삶의 시간을 네가 앞서거나 뒤서서 가고 있다. 마주쳤을 리
없는 누군가의 흔적을 느낀다면 문득 하늘을 바라볼 테고.
접면을 품고. 연결감은 무엇에 좋은가. 혹은 눈앞의 것을
흐르는 게 아니라 절연되었다고 감각하는 건 무엇에 좋은
가. 순간마다 섬이라는 것. 그 섬을 딛다가 발로 찬다는 것.

극장에서 보았던 다큐멘터리에서는 공간이 여럿. 흐르는
시간과 함께 무언가를 찍는 동안 사람은 살았고 죽었고. 살
았던 그 사람의 모습이 나왔는데 영상에서 수십 분 후 죽었
다는 사실을 일러준다는 것. 조개 캐는 꿈을 꾼다는 것. 그
레를 끈다. 그레를 살린다. 갯벌을 메워서 땅으로 만들려 하
다니. 거기 사는 생이 다 죽게 된다니. 노래를 만들어 부르
고 주문을 외고 기도하고 그것은 내내 인간이 해왔던 창작
과 수행. 양식 삼으려 조개를 캐는 것과 갯벌을 콘크리트로
메워 서식하는 조개를 말살하는 건 다른 일. 그때 어민은 죽
어나갈 조개를 염려한다. 접면을 일깨운다. 땅에 새가 드나
든다. 새의 몸짓. 새는 그 형태가 아니라 몸짓으로도 식별

될 수 있다. 어떤 새인지. 인간도 새들처럼 아이를 키우며 ⎯
살아가고. 접면.

## 다음 숏

아악이 들려오네요 거기서부터 시작된다면

등장인물들은 환복을 하고 대문 안으로 들어가는 장면 속에 있었는데 동선을 따라 일사불란 태세에 임하고 거기서부터 다음 숏이 시작된다면

웬일인고 그 공간에는 환복한 사람들 말고는 아무도 없어야 하는데, 걸어다니는 현대 행인 A

그를 마주하자 등장인물들은 당황해하고

연기를 해야 할 텐데 옛날 사람으로 참여하지 않는 사람이라니

썩 나가지 못할까, 여럿은 고함을 치고

하지만 현대 행인 A는 대문 안을 소요하면서 있다가 현대 옷을 벗어 바닥에 던지네요

등장인물들은 어리둥절해하며 그 모습을 바라보면서 순간 기대를 하게 되는데

옷을 더 벗으니 다른 옷을 입은 채였는데

그 옷을 벗으면 또다른 옷이 있을까 맨살이 드러나나 혹은 던져둔 저 옷은 무엇일까 입을 수 있는 것인가 그러니까 옷이 맞나

거기서부터 시간이 흐르고 다음 숏

웬일인고 통제되지 않는 새가 날아드는데 워어이 쫓지만 떠나지 않는 새

새야 날아든다

오 그 새가 바닥에 있는 옷을 향해 다가가 쪼기도 하고 보

금자리인 양 옷 속으로 들어가 가만히 있는데 그러다가 입
고 있는데
　거기서부터 시작된다면
　카메라는 그 모습을 찍네요
　카메라 밖에는 등장인물들과 현대 행인 A
　새가 카메라와 순간 눈 맞추고 다가가 얼굴을 맞대고 렌즈
는 뿌예진다 새의 옷이 휘날리고 거기서부터
　다음 숏
　일동의 얼굴들
　그들의 대화

　놓쳤네요
　놓친 것 같아요
　장면을 놓쳤어요
　음 정말인가요
　그래요 놓쳤군요

—  **금일**


—  금일 날 맑았다가 비 내렸고
포장제지 수급과 변이
끝이 안 보이는 선별진료소 대기 줄
원격 수업
금일 시장의 흐름
날 개었고
개별 종목이 한때 그늘 반짝
외국인과 반도체
금일 마감하였고
흐름 이어가면서 노동절 연휴를 앞두고 있다
금요일과 월요일에 대해서
금일 대체육 식단
해운과 항공과 바다와 하늘이라니
가까이 그리고 멀리 눈을 두었다가 이내 낮잠이 들었고
금일 5인 이상 집합 금지
금일 디지털 화폐와 게임
금일 대선을 꽤 앞두고 잠룡 두엇 날아올라 저 하늘 멋
진 달이 될
금일 아기 상어 뚜루루뚜루
금일 구름은 얼마간 끼어 있었고
전기차 몇 대가 충전소로 향하였다
금일 메타버스와 가판대
금일 널어둔 빨래는 마르나

—

금일 환풍기는 어디서든 돌아가고
날씨와 표정
금일 사람들은 어디에 있나
금일 비 내렸고 맑아졌다가
다시 금일

# 경주

기억할 만한 것은 무엇일지. 해질녘. 짚이 타고. 냄새가
이리저리 번지고. 기억할 만한 건 무엇일까. 내가 지금 기
억이라는 생각으로 이 도시의 공간들을 드나든다면. 이제부
터 이 시간을 하나하나 공간으로 둔다면. 내가 가는 곳마다
실바람 불고. 해질녘. 호반새 날아들 것 같고. 퍼지고. 그렇
게 나아가면서는 늦기 전에 박물관으로 들어가야 할 것 같
았지. 출토된 것들. 오랜 세월 드문드문 발굴한 것들. 한데
모아놓은 것들. 가면서는 따라가듯 하고 싶었어. 무언가를
그냥 따라간다는 느낌으로 그것의 흔적이 놓여 있는데 수
런거리는데 그 흔적이 귀띔하는구나 그걸 나는 눈치채는구
나 하는 마음으로 걸어가는구나 횡단보도를 건너는구나 건
너가면서는 실제로 무언가가 시야에 들어와서 놀랐고. 검은
개. 터 주위를 걷는 개. 검은 개. 해질녘. 검은 개의 인상. 검
은 개는 가고 더 멀리 가버려서 숨. 나는 눈으로 좇기만 하
는데 이미 사라져가는 개. 검은 개. 검은 숨. 기어코 따라가
면 평생이 걸릴 것 같아 기이한 마음이 생길 것 같아 발길
을 돌리고. 기억할 만한 건 무엇인가. 결국 박물관에 도착
해 나는 내내 바라보다 멈추고 사진 찍는 인간으로 시간을
보낸다. 박물관을 떠나면서는 다른 흔적들을 찾아볼 것이라
고 다짐했지. 발견할 수 있다는 듯이 조사단원처럼 매우 주
의를 기울이며 걸어갈 것이다. 걸어서 그 걸음이 어떤 순간
인지 어떤 기억인지 알아채며 갈 것이다. 해질녘. 어쩌다가
나는 총(冢) 주위에 있었고. 누가 살았는지 모르는 무덤 위

로 온갖 동물들을 마주치는 듯하고. 그러니까 말, 소, 꿩, 사슴이 능선을 뛰어다니면서 모양을 이루는 그 모습을 바라보면서 오묘한 능선이라고 생각하면서 나는 따라가고 있었는데 따라가는 나를 누군가 능선이라고 생각할 수도 있겠구나 그렇게 생각하는 누군가를 또다른 말, 소, 꿩, 사슴이 따라가며 능선이라고. 능선과 너머, 그 이어짐은 끝없이 나열될 것도 같았는데. 그럼에도 끝이 있을까. 어떤 끝. 어떤 끝의 맺음. 매듭과 종료. 정말로 정말로. 결말. 그러다가 나는 문득 인간 없음에 대한 다분히 인간적인 상상을 하고. 인간이 없다면 당연히도 인간은 인간의 사후를 들여다보지 않을 텐데, 같은 하나 마나 한 생각을. 죽은 몸을 바라보지 않고 죽은 후 기리고 바치고 냉동하고 숙성하는 몸에 대해 행위하지 않고. 인간에 대해 생각하는 인간도 없을 텐데. 내가 지금 기억이 될까, 생각하면서도 기억할 만한 건 무엇인지 떠올리는 인간도 없을 텐데. 해질녘. 지금은 마침 오는 버스를 운좋게 탄다. 종점에 있는 마을로 그냥 향하게 된다. 나는 버스를 타고 가면서는 참 좋았네. 정말로 정말로. 어딘가에 실려서 의탁해서 내가 모르는 장소로 내 눈을 풍경에 맡기는 느낌이라서. 모든 게 놀랍다는 생각이어서. 그러니까 문득 그날들이 훌쩍 지나 지금이라는 게. 퇴사일과 전역일과 만기일과 입학식과…… 그날들을 손꼽아 기다려온 날이 있었는데 얼마 안 남았다고 좋아할 때가 있었는데 그날이 훌쩍 지나 이제 그 모든 일이 과거라는 게 놀라워서, 지금이라는 게. 그리고 나는 그리워하고 있구나. 이 버스가 어디로 향하는지 알 듯도 말 듯도 하고. 해질녘. 다만 안에서는 팔러 갔다가 돌아오는 할머니들이 있어. 그 대화를 엿들으면서는 잠결 같아서 좋았고. 그때 내 몸을 떠나나 설마 내 몸을 떠나나 불쑥 이상한 기분이 들었는데. 하지만 무엇이? 무엇이 무엇을 떠나지? 그런 생각을 하는 내 모습이 얼떨떨했는데. 그후 바닷가가 있는 종점에 내려 실컷 걷다가 다시 같은 버스를 타고 돌아온다. 아직도 해질녘? 총으로 다시 돌아오면서는 둘레가 다 총이구나 느닷없이 총이 나타나고 어렴풋이 총 같다. 그 둘레에서는 낯선 단어들이 떠도는구나. 그러니까 장육존상과 심초석, 해목, 추복, 녹유벼루 같은 것들. 옛날 사람들은 지금도 여기를 거닐겠구나. 오랜 시간 후에 나는 온다. 왔었지. 추녀에 걸린 풍경처럼 숨소리를 내면서 나는 걸었고. 숨소리를 내는 나를 느껴보고 있는데. 보슬비가 내리고. 숨. 우산이 없어서 나는 처마 아래 섰다. 그쳤다 싶으면 다음 처마로 걷고. 쏟아지면 머무르고. 이따금 그렇게 멈춤. 걸어감. 멈춤. 숨. 해질녘. 걸어감. 기억될 만한 것은 무엇인지.

## 잔디를 방안으로

앨범을 뒤적여보니 아이 적 그 포즈가 재미있네. 정말 취할 수 있나. 아이 때처럼 잔디밭 위에서 두 손바닥으로 턱을 괸 채 엎드려 있는 모습을 너는 취해볼 수 있나. 그 사진을 본 후 똑같이 흉내내 연습하는데. 잔디를 방안으로 끌고 와서는 (이제는 거의 할머니 할아버지가 된 엄마 아빠한테 바닥에 잔디를 깔아주세요 말할 수 있나)

이렇게 엎드려 턱을 괴고. 너는 그 포즈를 취하며 연습해보려 하나. 문득 너는 그날 그 아이 모습을 찍고 있는 엄마 아빠까지 연습해봐야 할 것 같다는 생각이 들었지. 그 엄마 아빠의 포즈까지. 그리고 그 카메라까지 연습해봐야 할 것 같다고.

## 얌 연습

너는 외국에 있다. 시장에서 과일과 채소를 구경하며 낯익은 형태를 발견한다. 손가락으로 가리키며 너는 상인에게 물어본다. 얘 이름이 뭐예요? 오, 순간 너도 모르게 한국어로. 상인은 대답한다. 얌. 얌? 얌! 한국 사람처럼 발음하는 군요. 얌. 너는 값을 치른다. 얌은 발음하기 쉬운 여느 나라의 물건인가요. 얌.

2.

너는 얌을 쥐고 가네. 꼭 쥔 채 두 얌을 바라보네. 양손에 하나씩 두 얌. 두 얌을 서로 맞대어본다. 두 얌을 양 호주머니에 넣어본다. 다시 꺼내본다. 두 얌. 너는 얌을 쥐고 가네. 두 얌을 네 두 뺨에 오래 문질러보네. 두 얌을 높이 쳐들어본다. 두 얌을 저글링해본다. 너는 잘한다. 잘하네. 던지니 두 얌은 굴러가네. 너는 두 얌을 바라보기만 한다. 풀밭에서 두 얌이 멈출 때까지.

3.

그는 얌 요리를 합니다. 얌은 단백질과 전분이 풍부하지요. 그는 얌 껍질을 벗겨냅니다. 밝은 속. 그는 얌을 찌고 끓이고 졸이고 튀기고 구워서, 생얌을 어떻게든 나른 것으로 바꾸어놓습니다. 먹음직스럽군요. 하지만 그는 그것을 먹지 않고 누군가에게 주지도 않습니다. 그는 얌 요리를 냉장고

에 넣었고 잊었다. 다음날 냉장고를 열었다. 우와 새로운 것
이라는 듯 볕 드는 바깥에 내두었다.

4.

그는 손에 얌을 들고 공원 벤치에 앉아 있다. 얌은 따뜻하
다. 손은 부드럽다. 얌은 먹음직스럽고 호호 불고 싶은 기분
이 든다. 뜨겁진 않았지만. 손이 차지도 않았지만. 그는 얌
을 무릎에 고이 올려둔다. 어떻게 먹을지 궁리하는 모습 같
다. 언뜻 그는 조는 모습 같다. 그때 한 아이가 지나간다. 아
이는 그를 바라보는 것 같다. 침을 꼴깍 삼키고 있는 것 같
다. 그는 아이에게 묻는다. 얌, 먹을래요? 아이가 그대로 얼
음이 되어 울기 시작한다. 내달린다.

5.

나는 순간순간 걷다가 말해보았다. 얌. 생각하다가. 얌.
가재울에서. 얌. 안골에서. 혼잣말하다가. 얌. 모래내에서.
대화를 끊고. 얌. 얌. 널문에서. 얌. 멈추다가. 얌. 종달에서.

6.

너는 해변에 있네요. 밀려오고 밀려나가는 물. 너는 바다
를 바라보네요. 던질 것이 있을까. 던지기에는 아깝지만, 던
지기 좋은. 물에 그것을 던지네요. 이윽고 물속으로 들어가
건져 오네요. 언제까지 그럴 수 있을까. 너는 지쳐가네요.

시간이 얼마나 흘렀을까. 너는 열 번이고 스무 번이고 되찾아 왔지만 이번에는 그러지 못하네요. 신기하게도 그것은 물속에서 헤엄치고 있네요. 흙빛이네요. 그렇다고 그것이 얌이라고 할 수는 없어요.

### 7.

그는 숲으로 갑니다. 들로 갑니다. 그는 열매를 메고 덩굴을 지고 뿌리를 업고 갑니다. 숲과 들로 갑니다. 가면 누워 잠들 수 있는 공간이 드넓게 펼쳐지고, 열매와 덩굴과 뿌리를 내려놓은 그는 따고 캐고 줍습니다. 그는 숲과 들에 놀아납니다. 놀아나고 있습니다. 그는 끊임없이 움직이면서, 잠들 수 있는 시간을 마련해둡니다.

### 8.

얌이라고 하면 하나를, 얌 얌이라고 하면 둘을, 얌 얌 얌이라고 하면 셋을 떠올리는 것이다. 나는 얌을 떠올린 후 얌 얌으로 둘을 걷게 했다. 하나가 쉬면 다른 얌 하나를 더 떠올리는 것이다. 둘이 걷게. 좀 쉬자, 또 한 얌이 말하면 말이다. 내가 얌이 되어 걸어가고 있었다.

### 9.

그는 카페에 앉아 있었다. 얌을 테이블에 올려놓았다. 그것을 보고 송이에 그렸다. 얌의 형태와 색깔을 가능하면 똑

같이 그리고 싶었다. 그는 얌을 만져보았다. 질감도 잘 표현
해내고 싶었다. 그는 이제 네 옆에 앉았다. 다 그렸다며 그
림을 보여줬다. 무엇이지? 네가 물었다. 얌. 그가 실물 얌
을 꺼냈다. 너는 파스텔로 그 실물 얌을 색칠했다. 색깔이
변했다. 그러자 그는 종이에 그린 얌을 덧칠했다. 너는 실
물 얌을 쪼갰다.

## 불광천, 여름

오랜만.
불광천, 여름.
그는 예전에 외국에서 만났던 외국 사람.
나는 그의 언어로 한때 잘 말하고 들었는데.
잊어버렸고.
시간이 흘러 마침 서울의 불광천에서 그를 마주친다고.
참으로 놀라워.
오랜만입니다, 그가 말했고.
나는 그 말은 알아들어서 그의 언어로 간단한 인사 표현
을 하고.
어떻게 알아봤나요.
오래전인데도 이렇게 알아보는 게 신기합니다, 특히나 불
광천에서 만나다니.
나는 다만 고개를 끄덕이며 몸짓하는 사람.
웃는 사람.
알아듣지만 그의 언어로 말하는 게 쉽지 않고 머릿속으로
번역하고 그러니 한국어스러운
외국어의 비문을 구사하는 사람이 되어 더듬거리는데.
불광천, 여름.
그는 계속 말하다가도
눈치챈다, 내가 그의 말을 얼마나 잘 못하게 되었는지.
그는 말을 잊어버릴 수 있다는 걸 놀라워할까.
자신의 말을 잊어버릴 수 있다는 걸 나를 통해 깨달을까.

그런 감각.

걷는다.

멈춘다.

나는 머뭇거리고.

다만 불광천을 바라보며 웃음 짓고.

오리들.

오리들.

오리들.

그는 내 손을 잡는다.

놀랍게도 유창한 한국어를 구사하며.

어떻게 서울로 오게 되어 이 순간에 하고많은 곳 중 불광천을 거닐게 되었는지 그는 자초지종을 설명하고.

어떻게 나를 만나게 되었는지.

우리는 대화를 잘한다.

오랜만.

좋군요.

놀랍습니다.

오랜만.

불광천, 여름.

나는 그가 언젠가 잊게 될 한국어를 생각하고.

그러니까 언젠가 나도 잊게 될.

## 그날의 빛 날씨

들어가나요, 그날의 빛 날씨
그 속으로
환대받는다는 느낌이 든다면 기분이 좋겠지
문득 고향집을 나오면서
어느새 일하다가 점심을 먹으러 나가면서
사물의 그림자와 그 주위의 빛으로
그날의 빛 날씨를 가늠해본다면
그렇게 어디서든 나와서 계속 다해갈 수 있다면
다한다는 마음이 되어본다면
좋을까
그날의 빛 날씨
오래 머무를 수도 있었지
좀더 즐거운 일을 해보자
좀더 이롭고 기쁨이 되는 일을 해보자
낙천적인 사람과 함께 걸어갈래
행동해볼래
그렇게 다짐하면서
오후에는 걷고 있을까
내가 만난 사람들의 즐거운 표정과 호방한 웃음을
어느새 깊어지는 머뭇거림과 고적함을
그 뒷모습을
기억하면서
그날의 빛 날씨를 낙천적인 사람으로 대할까

통일을 하고 사랑을 하고 동물을 하고 식물을 하며 입체
를 그렇게 해본다는 마음으로

그날의 빛 날씨

상점 앞에 나와 엎드려 산들거리는 개의 마음으로

훌렁훌렁하는 고양이의 마음으로

어디서든

어느 안에서든 잠깐 나와본다면

뒤돌아보는 곳은 낯설어지고

그날의 빛 날씨

하루하루 살아가면서

살아가는 사람을 시늉한다는 마음으로 걸어갈 수도 있었고

사람을 어리둥절한 채 살아볼 수도 있었고

아연하게

그날의 빛 날씨 속에서라면

불현듯 너는 너의 어떤 행동인가

고심해보기도 했고

너는 너를 나뒹굴고 있군요

휘돌면서

술렁이면서

나왔죠

## 염화칼슘 보관함

　툭툭 눈송이는 함 위로 떨어지는데, 그렇게 쌓이는 눈, 쌓여가는 눈, 눈을 밟는 고양이의 발자국, 고양이는 지나갔나, 또다른 고양이가 나아가고 있었나, 그 시간은 흐르고, 문득 염화칼슘 보관함을 여는 네 손, 열 때 조금은 흩날리는 눈, 염화칼슘을 얻은 네 표정, 이후 닫히는 함, 그후 눈은 다시 쌓이네, 쌓이다가 녹다가 그렇게 눈의 계절은 흘러가고, 날씨는 따뜻해지고 있었는데, 너는 거닐었고, 거기 보이는 염화칼슘 보관함, 햇볕이 내리쬐네, 숱한 손발이 닿았을 텐데, 함을 열 수 있을까, 언제 다시 겨울이 되어서 네 손이 닿을까, 함이 열릴까, 안에는 무엇이 있나요, 열어보니 그것이 있군, 그것이야, 그것을 뒤로한 채 너는 골목을 거닐지, 집으로 돌아갈 때는 여러 마리의 고양이를 볼 수 있었고……

# 빗소리

빗소리가 만들어주는 공간. 빗소리가 들리므로 열리는, 저 공간이 살아나는. 그러므로 따라서 갈 수 있나. 할 수 있을까. 빗소리를 따라 한다면, 비를 따라 한다면, 어떻게? 비의 이음새처럼. 비의 물갈퀴라는 듯이, 비의 지느러미라는 듯이. 그 공간. 내내 있으면 문득 비에게 우엉을 주고 싶다는 기분이 드는데. 우엉밭에서 우엉을 캐다가 비에게 건네고 싶어. 이 공간. 빗소리가 계속 공간을 만드는데. 우엉을 건네나, 비에 씻긴. 이 빗소리에서 저 빗소리까지의 공간감. 거기서 나는 생겨나나. 생겨날 때 나는 건네는 것, 건네지는 것이라고. 그 공간과 빗소리와.

## 기억 몸짓

당신의 모습이 희미해진다
해식동
곶자왈
당신은 어루만졌다
세월과 물질이 만들어낸 형태들
인간이 만들어낸 이름들
당신은 기어간다 당신은 보행한다 당신은 날아다닌다 당
신은 헤엄친다
내 숨은 또다른 숨을 쉬고 있는 것 같다
멀리서 영상을 바라보며 눈을 감고 잔다
해령
몸을 건사하는 건 어떤 느낌인가
몸을 짊어진다는 건 변태한다는 건 분화한다는 건
노래를 잎에 달고 사는 얼굴들
떨림들
불길을 피해 갈 수 있다면 그러고 싶다 번지기 전에
폭우를 피해 갈 수 있다면 그러고 싶다 휩쓸기 전에
곤충의 솜털
당신의 몸짓
당신이 머뭇거리는 시공간
흩날리는 재가 도시의 불빛에 비친다
아스팔트 위로 식물이 번창한다
당신은 걸어간다 당신의 몸을 보호하는 재질들로 꽁꽁 싸

맨 채
　당신은 생산지와 멀어져 살아간다
　당신은 살균된 것을 바라본다
　당신은 지나간다
　어느 날 방아쇠를 다만 건드려보고 가는 동물들을 바라보
았다 그 형태와 질감을 낯설어하는
　우리가 만든 것
　우리가 만들지 않은 것
　당신은 겁에 질린다
　물감
　동물은 수많은 얼굴을 알아본다
　어느 날 당신은 생태통로를 이용한다
　어느 날 우리가 생태통로를 이용한다
　어느 날 그들의 모습이 희미해진다

　어느 날 우리는 꿈을 꾸고 깨어난다는 사실을 공유하고
있다
　꿈속에서 젖어 있었다
　작용
　움직임과 빛깔
　깨어난다
　암수한꽃
　어느 여름, 충영이라는 걸 처음 알았다 식물이 애벌레에

— 게 집을 지어주는
놀라워, 내가 느낄 수 있다는 것
어느 가을, 당신은 계속 자라나고 있었다
옥양목에 수놓았다
어느 겨울, 우리가 늙어가는 걸 서로 새삼스레 바라보았다
하지만 밀렵꾼으로 인해 코끼리는 상아가 짧아지는 쪽으로 진화했다
어느 봄, 춤추는 몸짓이 아름답다는 생각을 했다
그 표정과 주름과 흠
어느 여름, 비인간의 기억을 들여다보는 인간의 이미지를 접했다
어느 가을, 바람이 불었을 때 느끼는 나에 대한 촉감
어느 겨울, 인간은 음악을 만들어볼 수 있었다 귀기울여보았고
세계는 소리로 가득하다는 걸 알아차렸다
어느 봄, 전쟁이 일어난다
침묵과 바구니
난각막
인간끼리의 전쟁은 인간뿐 아니라 여기 모든 생물과 무생물에 대한 파괴와 살상
어느 여름, 추운 날을 그리워했다
혹은 순간 추워지면 더울 때를 그리워하고
어느 가을, 제철이라는 소중함

섬모
어느 겨울, 기억하려고 낭독회에 함께 모여 있었고
어느 봄, 숲에서 길을 잃었는데 굴을 발견했다
그곳으로 들어가 잠들며 꿈을 꾸었고
어느 여름, 조카가 생기고 나서는 버스를 타고 가는 중학
생을 보며 그는 내 과거가 아니라 조카의 미래라고 문득 여
겨졌고
팔랑개비를 만들어보았고
깨어난다
어느 가을, 거울의 실금을 눈치챘고
어느 겨울, 날개응애와 애꽃벌
스치기
어느 봄, 옛 기억 속 장면에서는 나를 삼인칭으로 인식하
게 되고
어느 여름, 끝말잇기를 하는 인간
아이의 냄새를 맡는다
아이가 냄새를 맡는다
어느 가을, 반딧불이와 노루와 버들치를 알았다
어느 겨울, 사슴벌레와 망초와 물범을 알았다
모습들
어느 봄, 해오라기와 코알라와 병아리난초를 알았다
어느 여름, 말매미와 들소와 안경원숭이를 알았다
몰랐다

—　모른다고 말했다
　　어느 가을, 구름표범과 옥구슬이끼를 알았다
　　어느 겨울, 낙우송과 파르툴라와 브룬펠시아를 알았다
　　오리너구리를 알았다
　　점박이영원의 존재를 알게 되었다
　　모르는 것이 많았다
　　몸짓들
　　다르고 같다는 걸 알았다
　　같고 다르다는 걸 깨닫게 되었다
　　기억 속에서 어느 날 우리가 여럿이라는 사실을 깨닫게
되었다
　　잠들고 꿈꾸고 깨어나는 우리가 여럿이라고 생각하니
　　드넓어지는 마음을 알아챘다
　　우리가 여럿이어서 할 수 있는 걸 하기로 다짐했다
　　우리가 여럿이라 슬펐다 기뻤다 하염없었다
　　그것
　　흐르는 강물
　　둘레
　　산란과 예감
　　탄성
　　감각들
　　우연
　　시간이 흐르고 있다

시간이 흐른다 되돌아온다
기척이 스민다

# 몸짓 기억

몸짓에 대해서
당신은 살아볼 수 있을까 어떻게든
기억할 수 있을까 한때 존재했던 것
이후 스며들어 지속한다는 것
당신은 어떻게 사는가
영원히 가까워지지도 늙지도 않는 눈과 어둠
무리의 몸속
제일 큰 개체와 제일 작은 개체 사이
표본이 된다는 것
하지만 생동한다는 것
촛대와 화훼
무늬
당신은 어떻게 사는가
당신은 뒷걸음질친다 달아난다 어느새 그게 앞면이 되어
계속 걸어가고 서서히 멈추고
당신의 모습을 나는 나직이 스쳐가는데
새 몸과 평화라니
나는 그때 나한테 내 기억을 남긴다는 생각으로 하루하루
살아가고 있었는데
잊어가니까
연습한다는 마음가짐으로
행동을 하면 기억이 되고 과거의 기억이 나면 머무르고
인간의 기억이 미래 기억이 될 수 있다고 생각하면 그것

도 좋고
　당신을 지나쳤는데
　그것도 좋고
　당신은 어떻게 살아가는가
　모르겠네
　그것도 좋고
　얼어붙은 곡선이 된다는 것
　파편으로 너울진다는 것
　인간의 수사(修辭)를 발휘하려는 것
　그림자놀이
　뜸부기
　설핏
　누군가는 첫 기억을 떠올린다
　누군가 앉는다 이야기하고 참여한다 나부낀다 서서히 마
모한다 다독인다 살포시 끝 기억을 상상해본다 변하고 있다
누군가 머물러 있다
　누군가는 방을 나서고
　누군가는 방을 떨구고
　누군가의 방은 밤과 낮이 내내 간질이고
　기억이 오래 달리네
　나도 달리네
　몸짓을 분산하면서
　카메라로 낙하산을 찍어보면 휘날리는 목소리

궤적과 대열
시공간을 딸림음처럼
포자처럼
얼굴 범벅인 당신과 내가
어떻게 살아가는가
둘레를 돌고
나누고

# 눈언저리의 솔잎들

　내 눈언저리의 솔잎들 흩뿌려져 있는 솔잎들 하나하나 손 끝으로 그가 가다듬는 솔잎들 가만있어봐 눈언저리에 흩어 져 있는 솔잎들 이후에는 옮기나요 하나하나 어디로든 옮기 자면 옮길 수 있는 솔잎들인데 눈언저리가 훤히 드러나도록 그는 하나하나 손끝으로 집어 모아 뜰로 나가고 그것을 흩 뿌리고 바람이라도 불면 바람이라도 불면 또 어디로든 옮겨 날아갈 텐데 옮겨 날아갈 텐데 솔잎들 그는 돌아와 내 눈언 저리를 바라보고 이제 없군요 손끝을 대보며 눈을 떠봐 솔 잎들 이제 없군요 눈언저리의 솔잎들 훤한 내 눈 나는 눈뜨 기 두려워 어려워 서러워 내 눈이 텅 빈 공간 같았는데 그곳 을 내가 걷고 있었는데 그는 뜰로 나가 찾아 나서나 솔잎들 흩어져 있는 하나하나 그는 그러모으나 솔잎들 그는 텅 빈 뜰 밖으로 영영 걸어나가고 있었고

## 호우 몸짓

1.

네가 있다. 비. 들이친다. 휘몰아친다. 새. 호우. 너는 걸
어갈 수 있나. 비가 내리니 순응하여서 내리듯 내리듯 있을
수 있나. 새가 날아다니나. 새가 내리듯 내리듯? 웅덩이가
생기면 네 모습이 비친다. 새가 그 속으로 들어간다.

2.

건물을 나서며 너는 네 옷을 못살게 군다. 네 옷과 싸우는
듯하다. 싸웁니다. 광장 한복판에서 너는 네 옷에 야멸차게
군다. 모질게 군다. 너는 네 옷에 횡포를 부린다. 네 옷과 싸
우듯이 너는 계속 움직인다. 일그러뜨린다. 싸우네. 나는 그
런 너를 바라보며 다가간다. 잠깐만요. 다가가며 나는 물처
럼 네 옷을 젖게 했다.

3.

차라리 내버려두자. 차라리 맞이하자. 마음을 놓자. 차라
리 다 잃었다는 듯 아니 원래 없었다는 듯 차라리 격렬히 푸
념해보자. 차라리 우산을 쓰다듬어주자. 우산을 안아주자.
둥근 것. 차라리 상가 안으로 들어가보자. 거기서 우산을 펼
쳐보자. 그렇게 우산을 놔둔 채 차라리 상가 밖으로 나가보
자. 메타세쿼이아 아래에서 서 있어보자. 계속 내리는 비.
차라리 누워보자.

4.

내게 깃이 있나? 있다면 나는 깃을 갈며 간다. 깃을 쉬며 간다. 깃을 여미며 간다. 내게 새들이 날아오나? 날아온다 면 나는 멈출 것이다. 가만히 있을 것이다. 머무를 것이다. 새가 내게 속삭인다면? 곧 비가 올 거야, 하고. 그렇다면 나 는 날아갈 텐데. 날아갈 겁니다. 멀리. 호우. 비를 나누는 게 어떤 느낌인지 아니?


5.

마음으로 호우. 세차게 내리는 것으로 마음. ……으로 구 멍을 뚫는.

## 생물 종 다양성
## 낭독용 시

이제부터 생물 종 다양성에 대해서 살아갈 것이다,
라고 나는 오늘 다짐했다
거울 속 나의 얼굴을 바라보며 내 얼굴과 나뿐 아닌 인간
얼굴의 여러 가지 면을 떠올려보다가도, 아니 아니 그게 아
니야 그게 아니라
생물 종 다양성에 대해서
하지만 어떻게?
내 삶 공간에서 어떻게?
어떻게 업으로 삼을 수 있을까, 지금에라도
사뭇 진지해졌는데
당장 해볼 수 있는 게 있을까, 멀리서라도
그러므로 오늘은 절멸한 생물들의 이름을 반복해서 되뇌
어보는 시간을 가졌죠 생김새를 떠올려보며 오랫동안
        ......

랩스 프린지 림드 청개구리(Ecnomiohyla rabborum)
브램블 케이 멜로미스(Melomys rubicola)
포오울리(Melamprosops phaeosoma)
크리스마스섬집박쥐(Pipistrellus murrayi)
콰가(Equus quagga quagga)
세실부전나비(Glaucopsyche xerces)
스텔러바다소(Hydrodamalis gigas)
타이완구름표범(Neofelis nebulosa)
        ......

인간의 언어로

한국인이므로 현대 한국어족의 화자이자 청자로서

굳이 라틴어 학명까지 어떻게 읽어야 하나 구강을 이리저리 움직거려보면서

한국인의 조음 방식과는 좀 다르게 시도하면서

여러 방언으로 다른 이름을 연결하면서

그렇게 혼자 되뇌어보는 나를 보면서도 순간

기만적입니까,

라고 의식했습니다만

인간이므로

인간으로서

인간이니까 어쩔 수 없나요 받아들였지만

인간 때문에 동식물이 자연도태보다 500배나 빠르게 절멸되고 있다,

2010년대에만 467종이 절멸되었다,

라고 지구에서는 내내 보도되고 있다

그러므로 내가 할 수 있는 건 없나요

나는 한 인간 개체의 생애 동안 한 종이, 아니 그 정도가 아니라 숱한 종이 절멸되고 있다는 사실에 아연해졌는데

그 시공간을 오랫동안 가늠해보다가 헤량할 수 없다,

라고 천천히 발음해보았는데

그런 내 인간의 몸과 마음을 낯설어하면서요

몸과 마음의 상실에 대해서

―   내 몸과 마음뿐 아니라 내 몸과 마음의 종뿐 아니라 다른
생물체의 대대손손의 상실에 대해 혜량할 수 없었는데요

　　이제부터 생물 종 다양성에 대해서 살아갈 것이다,
　　라고 나는 오늘 다짐했고
　　그러고 나자 무엇을 할 수 있을지 모르겠다
　　당장 옆 사람이 있다면야 두 손을 힘껏 맞잡으며
　　그래 그래 오늘부터야
　　무엇을 어떻게 행해야 할지 모르면서도
　　다짐을 하고 계속 다짐을 다짐하고 그래 그래 두 손을 꼭
맞잡고서 다짐은 두 손이 되기도 하고
　　할 수 있다고 여기서 찾아나가자고, 그렇게 서로의 얼굴
을 바라볼 수도 있었을 텐데
　　오늘 옆 사람은 없었으므로
　　다만 지금은 한 생물 종의 보존을 위해 평생을 바치는 사
람을 떠올려보았죠
　　나도 인간으로서 그렇게 쓰이고 싶다는 마음도 들었지만
　　되고 싶지만 내가 될 수 없는
　　그 삶 공간에서 하루하루 업을 이어나가는 사람들
　　지구의 표면에서
　　그 사람들을 다만 보존하고 싶다
　　보존하는 사람들이 보존하는 생물 종도
　　능히 보존하고 싶다
―

그러면 나는 무엇을 할 수 있을까
지구에 최대한 해를 덜 끼치려고 노력하면서
조금이라도 쓰임과 효용이 되고 싶었는데
가끔 무언가를 끼적이며 실행하는 사람이 될 수 있을지
낭독하고 발화하며 그날 실행하는 사람이 될 수 있을지
여기서 해볼 수 있는 거뜬한 움직임이라는 듯이
멀리서 또 가까이서 들려오는 절박한 속삭임이라는 듯이
행동의 앞뒤라는 듯이
당차고 성실하게
보존하고 보존되려는 마음으로
여기 생물들 속에서 생물들로 이루어지면서
목소리를 내고
함께 듣고
움직임을 움직여보고

## 의성어 생김새

정말 좋아한다면 이 정도는 해야지
사랑의 과거와 미래에 대해 장난쳐야지
따라와봐라
좋아한다는 걸 자제해야지
비밀을 가지고 싶어서
비밀을?
그래야지
더워
추워
소리를 내야지
그리고 깜짝 놀라야지
모르는 체 바라보면
순간 생겨나는 게 있고
자웅동체
의성어 생김새
의성어 생김새?
본떠야지
그것은 제비꽃
그것은 그네
소리내야지
정말 좋아한다면 해야지
해야지 해야지 하다가도
꾸물거리는 작은 것의 빛을 바라봐야지

꾸물거리는 무엇이 있으니 비켜서야지
말아야지
좋아한다면
두 개의 머리를 갖고 놀아야지
아침 목소리를 만들어야지
시작에 불과합니다
그러니까 끝에 불과하고요
해야지
정말 좋아한다면
나가려는데 누구를 그리워한다면
해야지
송두리째
곱게

## 의태어 만들어내며

의태어 만들어내며
움직여보는
움직일 때 모양이 만들어지니?
보이니?
무한합을 들고 뛰어가는
구름을 따라가는
털 없는 동물에게 안기고 싶어
그 모습을 어떻게 말로 만들어낼 수 있을까
휘양숭휘양숭
루이햐
뷩뷩
정말 좋아하니까 이렇게 할 수도 있니?
놀아요
의태어 만들어내며
움직임을 내지르며
품으며
버섯을 지긋이 바라보며
뚜껑을 열며
선(善)을 위하여 울력하며
탄생을 밟으며
인간의 부산물을 주우며
순명순명
레로라치레로라치

의태어 만들어내며
세계를 모아 뿌리자
청중을 기리자
일을 하는 사이사이에
의태어 만들어보는
어지러워?
반가워?
응니

## 자전거를 타고 가는 사람을 타고 가는

자전거를 타고 가는 사람인가. 저기 나를 지나쳐서 가는 앞사람과 이내 나를 앞지를 뒷사람이 자전거를 타고 가는 사람들이야? 수변을 걸으며 나는 온통 주위에 둘러싸여 있는 듯도 한데, 자전거를 타고 가는 사람을 보면서는 무엇을 타고 가는가, 나도 모르게 중얼거려서 신기한 기분이 들었는데. 그러니까 무엇을 또 타나, 당연히 자전거를 타고 가는 사람이니 자전거뿐일 텐데도 하지만 뭐가 더 있지 않을까, 의심하면서 나는 빠르게 걸었지. 걸으며 더 빨리 걷는다면 자전거를 따라잡을 수 있나. 쉬지 않고 걷고 걷는데도 결국 따라잡은 건 나를 향해 오는 자전거뿐이려나. 나는 앞으로 뒤로 나아가고 뒤처지고 따라잡고 따라잡히는데 그러니 자전거를 타고 가는 사람을 타고 간다고 느껴지기도 하는데, 그것은 나인가. 자전거를 타고 가는 사람을 타고 가는 사람은 누구야? 내가 아니라면 자전거를 타고 가는 사람을 타고 가는 것은 바람이라고 물이라고 곤충이라고 수풀이라고 지붕이라고 타고 타고 타는 것들 사이에서 내가 있는 것 같다고. 타는 것이 여럿이라 좋군요. 어디로 갈까요, 나는 자전거를 타고 가는 한 사람한테 물어보고. 어디로든요, 그 사람은 맞장구쳐주고.

그렇게 돌고 돌고 돌며 자전거를 타고 가는 사람을 타고 가면서는 수변 풍경을 바라보는데 이상한 기분도 들었지. 내가 엿보고 있다는 느낌이 들어서. 물과 물의 생물들에 대해. 이어져서 여하튼 살아가고 있는 삶을 엿본다는 기분이 수상해서. 내가 낯설군요, 나는 말하고. 그러니 이제 갈까요, 자전거를 타고 가는 한 사람은 재촉하고. 저물녘이 되었습니다. 이제 가야 할 때라서 다들 가고. 자전거를 타고 가는 한 사람은 집에 도착해 현관에 자전거를 세워두고. 자전거를 타고 가는 또 한 사람은 자전거를 반납한 후 집으로 걸어가고. 또다른 사람은 자전거 안장에 앉아 페달을 굴리지 않고 다만 땅에 발 디딘 채 걸어가는군요. 그 사람은 자전거를 탈 줄 모르는 사람이었나. 내내 그러고 있었나요? 나는 그 사람의 뒤를 잡고 밀어주면서 천천히 속도를 내는데, 그 사람은 나를 돌아보며 말하는군요. 어제 봤어요. 정말요, 어디서요? 여기서요. 설마, 그럴 리가요? 여기서 어제 봤어요. 그렇다면, 그렇군요. 내일 또 봐요. 그래요, 내일 봐요.

# 모락모락


두부 요리를 잘하면 참 좋을 것 같네
알타리 두릅 인절미 봄동 천혜향 두부 꽈배기 알리움
시장에서 기웃거리다가 두부 두부
두부 순간 두부를 사며 감촉해보았는데
따뜻했는데
모락모락하군요 엉김 모여듦 흩어짐 퍼져나감
집으로 돌아와서는 두부를 도마에 올려놓았는데
아직 식지 않은 표면을 만져보며
너는 조금 떼어 먹어보았죠
두부와 손가락을 바라보면서는
둘 다 두부 같고 손가락 같다며 새삼 놀라워하고
당연한데 당연하지 않은 것 같나요 두부
두부 이후?
두부란 그런 존재인가
그래서 두부 요리를 잘한다면 참 좋을 것 같다고 너는 속
삭였다
그게 한 인간의 특색이 된다면
음 그 인간은 두부 요리를 잘하는 인간이었어 살다가 여
러 활동을 하며 인간 또 죽기도 했는데 그 인간은 두부 요리
를 잘했던 인간 물론 잘 못할 때도 있었지만 매번 잘하면 그
게 인간인가 대체로 잘했던 인간 근데 두부 요리를 못해봐
야 또 얼마나 못하겠어 인간……
그런 말들이 또 신기하게도 속삭이듯 들려오면 귀기울이

게 될 것 같아서

　너는 두부를 며칠에 한 번씩은 사 오고

　그때마다 최대치의 의지를 품고

　너는 요리를 지속하네 멈추어 비나 눈 내리는 창밖을 바라보기도 하네 두부라는 별명을 지닌 친구를 떠올리네 의성어를 소리 내보다가 또 새로 만들어보다가 그것을 감추어보네 허물을 벗어보기도 하네 혼천의를 만져보네 복숭아뼈를 긁적이기도 하네

　문득 사방에 있는 이웃에게 안부를 묻기도 하나

　속삭임을 가닿게 하려는 의지로?

　잠시 불을 끄고 두부 요리를 하면서는

　불을 끈 채라면

　너는 그 무엇도 할 수 있을 것 같았는데

　이를테면 완성이라는 것도 해볼 수 있을 것 같다

　그럴 수 있을 것 같네 시간이 흐르므로

　지금?

　이쯤인가?

　먹어도 될까

　완성을 모르며 지나갈 수도 있을 것 같다 지나가니까

　순간 두부를 가만히 바라보며 있었는데 두부

　언제쯤인가

　너는 요리를 하다 말고

　시장으로 걸어가보았습니다

걸어가보았지

제철이 되어 마침 여러 것들이 있었는데

근대 배 두부 리시안셔스 석류 취나물 만두 굴 토란

그것들을 사볼 수 있을까

사거나 사지 않는 건 그날의 날씨 그리고 우연과 기분에
달려 있을 것 같았는데

문득 너는 날씨가 있다는 게 새삼스러웠나 만약 사라지고
있는데도 모르고 있다면 우연과 기분처럼

당연한데 당연하지 않은 것 같나요 두부

당혹스럽군요

철렁하군요 두부

그래도 너는 두부를 잊지 않고 사서 돌아와 다시 요리를
하네요 문득 깨달았다는 듯 이쯤이면 두부

그러니까 두부 요리를 잘하면 참 좋을 것 같다고 새삼 느
끼며

얼마나 잘하고 싶냐면 두부 요리를 두부에게 바쳐도 부끄
럽지 않을 정도로 혹여나 네 생활의 자랑거리가 될 수 있다
는 듯이 (이렇게 말하면 과장이려나?)

어떤 인간의 지속이라면

두부에게 바치는 두부 요리라면

　　　　모락모락

안녕을 담아

　　　　　　　　　모락모락

　　　　안녕을 담아

　모락모락

## 통일 시

새해가 지난 후 그다음날
다음날이 밝았습니다
하지만 막상 밝아지자 이 시공간을 어떻게 맞이해야 하나
어떻게 보내야 하나 이 시공간을
고스란히 뭉쳐서 뭐라도 해야 할까
눈사람처럼
산짐승처럼
주위에 서 있게?
어쩌면 드나들게?
새해 그다음날
나는 매여 있었지만
새로운 공간에서 새로운 동작을 취하고 싶었죠
시공간이란 무엇인지 어리둥절해하면서
공간에 놓여 있는 나를 시간이라고 음미해보기도 하면서
시간에 놓여 있는 나를 공간이라고 음미해보기도 하면서
그것인 나한테
비나 눈이 내리거나 바람이 불면
음 새로운 촉감이군
새로운 흔들림이군
이렇게 중얼거리는 나한테
음 나는 새로운 중얼거림이군
새해 그다음날
가봐야 할 곳을 떠올려야 할 것 같았죠

그래 농구를 좋아했으니 농구장으로

오랜만에 직접 농구공을 들고 드리블을 하고 골대에 얹어놓으면

어떤 느낌이 드나요

주상절리가 되어도 좋을 것 같다고 생각했습니다

폭풍우가 되어도

패스를 해도 좋을 것 같다고 생각했습니다

하지만 어디로?

농구공을 주차장 쪽으로 멀리 던져보아도

그렇게 주차장으로 굴러가는 농구공을 상상하면서는 왠지 상실감을 느꼈는데

왜일까 (내가 던졌는데!)

그래서인지 나는 또다른 곳으로 가봐야 할 것 같았고

이를테면 세노테

산정호수

카르스트

자지러지며 까르륵

우리의 소원은 통일

하얀단구

빙하

달 뜨기 전 넘어야 한다 함*

둥글게 둥글게

함흥

아니면 다른 데
새해 그다음날
포롱 포롱 포롱**
안주
내 고향이 옛날처럼 나를 알아보게끔
하얀 머리는 까맣게 물들이고***
가야 할 것 같았는데
할아버지들을 생각했는데
은률
새해 그다음날
새로운 동작을 취하고 있었습니다 먼 곳에서
문득 그다음날의 다음날
나의 시간과 공간에게 소원해보았죠
음 희구해보았습니다
그다음날이 또 밝았어요




* 김종삼.
** 전봉건.
*** 이기형.

## 눈석임물

눈석임물. 눈이 흐를 때 녹아서 물. 물이 흐를 때 다시 겨울. 다시 봄. 다시 너는 머루를 쥐고 가는 사람. 너는 머루를 흘리는 사람. 눈석임물. 눈이 녹을 때 너는 이미지를 흘려보내는 사람. 이미지를 흘려보내면 물. 물이 녹으면 무엇이 되나. 물속의 물과 같이. 물속의 봄과 같이. 눈석임물. 물이 녹는다는 느낌을 간직한 채 너는 휘도는 사람인가. 너는 점점 스며드는 사람인가. 눈석임물. 눈과 물 사이 망설임과 가다듬음. 봄 대문 앞에 서성일 때. 가까이서 멀리 멀리서 가까이 가닿을 때. 다시 겨울. 다시 눈석임물. 너는 머루를 건지는 사람. 너는 눈시울을 붉히는 사람. 윤슬이 비치며 흐를 때. 다시 봄. 눈시울이 엷게 퍼질 때. 너는 머루를 바라보는 사람. 너는 머루 속에 있는 사람.

## 겨울에 여름 이미지

겨울에 여름 이미지, 여름의 그 소리, 거기서 계속 들려오는 매미 소리가 언뜻 저 나무 뒤에서 저 자동차 뒤에서 저 고양이 뒤에서 저 양옥 뒤에서 들려오는 것 같을 때, 그런 여름을 나는 숨가쁘게 맞이하면서, 방금 골목에서 마주쳤던 사람과는 나중에 또 보자, 하고 금세 작별인사를 한 것 같았는데, 그 사람은 이제 비밀을 말할 수 있다고, 다음에 만나면 말해줄게, 하고 떠나갔는데, 그리고 냇물에 어리는 여름 흰 눈, 그 흰 눈으로 퍼져나가는 여름 파형, 겨울 속 여름 이미지를 마주할 때, 겨울을 떠나보내면서는 앞에서 움직이는 비둘기의 몸짓으로 잠깐 나는 걸어보기도 했는데, 비둘기는 푸드덕 날았다가 다시 바닥을 디디며 나아갔는데, 착지한 후에는 또 어떻게 달라진 채 걷나 궁금해, 그 모습을 얼마간 흉내내며 뒤따라 걸어보기도 했고, 비밀은 뭘까, 뒤뚱뒤뚱, 걸음은 뭘까, 뒤뚱뒤뚱? 날기 전과 날고 난 후 걸음의 달라진 점은? 날고 난 후의 걸음으로 걸어볼 수 있을까, 어떻게? 어떤 감각일까, 겨울에 여름 이미지, 여름의 그 냄새, 거기서 계속 풍겨오는 풀 냄새가 언뜻 저 성당 뒤에서 저 강아지 뒤에서 저 공사장 뒤에서 저 구름 뒤에서 풍겨오는 것 같을 때, 거리에서 수박이 굴러가다가 깨지며 붉은빛으로 풍경 속에서 번져나갈 때, 그 여름의 습기와 되울림, 겨울에 여름 여름 여름 여름 여름, 하고 매미 소리처럼 풀 냄새처럼 여름 이미지를 떠올리면 언뜻 무더위에 숨이 막힐 것 같기도 한데.

그러니 나는 여기서 잠시 쉬어 갈게, 숨을 고르며 여름 이미지를 떠나보내네.

내 땀은 녹는 듯하고 내 두 눈이 어는 듯한데, 정말 가버렸나, 뒤뚱뒤뚱? 겨울 속으로 사라지는 것, 그것으로 그 여름 이미지는 무엇을 할 수 있었나. 겨울 속에 머물러 있다가 겨울 속으로 사라지는 여름 이미지라니, 사라짐의 뒷모습만이 언뜻 비칠 듯한데, 불현듯 하루하루가 난생처음 같다고 말하는 친구도 떠오르고, 하루하루가 새벽과 아침과 낮과 오후와 저녁과 한밤중이 불연속적으로 느껴진다고, 또 그것보다 더욱 잘게 쪼개지는 시간으로 멈추고 흐른다고, 숨이 흐르고 닫히는구나, 조금은 달라지고 있다고, 매번 다른 인간과 순간이 되는구나, 순간 인간, 인간 순간이……

순간 인간 : 저는 사랑에 빠졌습니다.
인간 순간 : 저도 사랑에 빠졌어요.
나 : 정말인가요, 친구여.
순간 인간 : 얼마 후 사랑은 떠났죠.
인간 순간 : 얼마 후 제 사랑도 마찬가지.
나 : 정말인가요, 친구여.
인간 순간 : 저는 사랑에 빠졌습니다.
순간 인간 : 저도 사랑에 빠졌어요.
나 : 정말인가요, 친구여……

— 그 순간 인간 순간에 대해서, 그 얼굴이 신기해서 나는 내가 그 친구한테 사랑에 빠지길 바랐고 빠져들었는데, 그 친구는 이미 나와 사랑에 빠진 이후에 (나는 몰랐다!) 또다른 사랑에 빠져들었고…… 다시 겨울에 여름 이미지, 전복하며 이어나가는 그러니까 겨울에 여름, 이라면 숨겨놓을 수 있는 공간이 언뜻 저 비 뒤에서 저 오토바이 뒤에서 저 공원 뒤에서 저 오리 뒤에서 드러날 때, 여름에 만나, 하면 언제고 만날 수 있는 여름이므로 여름에 만나 여름에 만나, 하고 만나며 각자의 여름에 대해서 품을 수 있다면, 겨울에 여름 이미지, 그 속에서 나는 골목을 걷고 있는데, 거기서 마주치는 사람이 있었는데, 이제 비밀을 말해줄게, 하고 내게 말을 거는 사람이 있었으므로 그 사람과 그 비밀은 함께 있는 커다란 하나의 어떤 종(種)처럼 보였는데, 나는 어떤 말이든 몸짓이든 알아들을 수는 없었고, 다만 나는 반응했어, 그래, 나도 보여주고 싶단다, 나도 드러내고 싶단다, 내가 겨울에 여름 이미지가 되어서 보여주고 싶단다, 내가 비밀이 되어서.

—

## 여름에 겨울 이미지

이슥하다
겨울 바다로 내리는 다랑이논
눈사람이 굴러가는
숲 썰매에 탄 엉덩이
언 손 녹는 손 이불 속 손 딸기
흰 알싸한 맛이 난다
비스듬히
검은 눈이 사철나무처럼 서 있다
혀의 종소리가
흰 사슴이
흰 귀리가
검은 동자개가
흰 네 글썽임이 얼었다
녹았다
흰 급류를 거닌다
그 검은빛
흰 나팔을 불다
초원뇌조가 날아가다
흰 토끼들이 참나물 주위에서 말하다
검은 연
흰 삼줄
소설을 쓰다
눈 내리다

## 영화

할머니 역할을 했던 젊은 배우의 생과 사가 궁금해질 때. 시간이 흘러 어떻게 살아가고 있을까. 어느 날인가 그 할머니가 잠깐 등장하는 옛날 영화를 보고 있었고. 할머니는 잠깐 무슨 역할을 했나. 잠깐 어떤 날씨를 통과했나, 할머니! 잠깐 집배원이나 대기과학자, 알코올중독자 혹은 학예사가 되었나요, 할머니.

할머니, 어디에 있나.

그후 영화에서 오랫동안 천천히 흘러가는 음악과 전신주, 몽돌 혹은 가을 숲…… 흘러서 거기 잠깐 머무는 것들에 대해 할머니가 아니더라도 할머니, 하고 불러보았습니다.

할머니, 할머니!

네? 네?
하지만 놀랍게도 대답은 할머니가 했지.

왜 그래요, 어색하게.
존댓말하지 마세요, 할머니.

근데 어디에 있나.

젊은 배우가 되었나요, 할머니.
잠깐 어디에 있었는지!

—

—

## 우리 개의 놀라운 점

우리 개의 놀라운 점이라니
우리 개야
나는 떠나간 우리 개를 떠올려보며 읊조렸다
너에게는 놀라운 점이 참 많았어
그러니까 처음 본 손님 옆에서 자고 있는 개라니
그 손님은 이튿날 깨어났는데
나중에는 그때를 회상하며 소감을 남겼지
따뜻했어요
방은 추웠는데

우리 개의 놀라운 점에 대해서라면 이후에 또 돌이켜볼
수 있었지
산책을 물론 좋아함
하지만 본가로 내려온 너는 이제 나를 따라 더 멀리 나가
지는 않으려 함
집안에 가족들이 더 많아서였나
그래도 우리 개는 한번 해보라는 듯이 결국에는 나를 조
금 더 따라가주었는데
내내 집을 향해 돌아보면서도
천천히 나아갔지
순간 출몰하는 기계에는 겁없이 달려들기도 하면서 산책
로를 돌면서 비탈을 오르내리면서 지쳐 안아달라고 앞발로
긁으면서

우리 개야
짖을 때는 짖는 우리 개야
왜 짖거나 짖지 않는지
혀를 내밀며 걸으면 그게 좋다는 건지 힘들다는 건지
알 듯도 모를 듯도 했지만
우리 개의 놀라운 점은 짖으면 저절로 짖게 되는
동물이라는 것
돌아가자, 내가 두 발로 재촉하면 집으로 향하는 네발에
깃든 순정한 기분

집으로 돌아와
어느 순간 인간의 몸에 앉아 안착하는 우리 개야
가장 편한 자세로 네 몸을 지어보다니
네 감촉 네 몸의 온기를 느끼며 나는 좋았는데
자주 웃게 되었는데
네 얘기를 하며 가족들은 네가 듣고 있나 아니려나 네 기
색을 살피는데
우리 개는 흘기는 눈을 잘 비치는 개였어
무엇이 서운했는지 비좁은 곳으로 갈 때
그 모습을 보면 가족들은 달래려 하고 나는 따라가 아양
을 떨기도 하고
우리 개야
부르며 내 뺨을 네 등에 대어보았는데

그게 싫은 눈치면 또 나는 서운해하는 표정으로 구석으로
가서 봐달라는 듯 웅크려보았는데
　우리 개의 놀라운 점은 아랑곳하지 않는 것
　가만히 똬리를 튼 모습으로 있는 동물
　나중에는 달려오는 동물

　우리 개야
　나는 네가 떠난 후 지나가는 개만 보면 내내 슬퍼했었다
　나는 자주 울며 걷고 있었고
　하지만 시간이 흘러 무상하게도
　지나가는 개를 바라보면서는 또 미소 짓게 되었지
　그래도 될까
　나는 네가 그런 나를 이해해주리라 생각해도 될까
　그게 우리 개의 놀라운 점이라고 생각한다면
　우리 개야
　때가 지나 내가 없을 때에도 네가 나를 좋아해준다면
　나도 너를 내가 없음에도 좋아할 테니
　우리 개야
　그게 우리의 놀라운 점이라고 생각해도 좋을까
　음 그래 우리는 순간마다 서로 살갗을 맞대었지
　내 옆에 잠들었던 너는 꿈을 꾸는지 한 번씩 봄을 부르르
떨었는데
　네 옆에서 나도 잠들며 꿈을 꾸었는데

좋았다
그치?
좋았어

## 산서

너는 이곳에 오며 마음 아파합니다. 너는 이곳에 오며 미안해합니다. 너는 이곳에 오며 다만 맡깁니다. 너는 이곳에 오며 마음 아파하는 것. 미안해하는 것. 다만 맡기는 것. 너는 것. 너는 것. 너는 줄곧 소리인가. 너는 이윽고 냄새인가. 너는 파도를 보며 앉은 채 장면을 스쳐가는 사람. 너는 파도의 입면이면서 파도에 잠기는 얼굴. 너는 일어나 눈빛으로 말을 잃는가. 너는 네 입술로 네 눈을 잃는가. 너는 걸어가는가. 너는 볕 속에서 엎드려 개를 바라보기도 하는 얼굴인가. 너의 귀가 흔들린다. 너의 입이 흔들린다. 너의 코가 흔들린다. 너의 눈이 흔들린다. 너는 해초인가. 그렇지 않더라도 너를 해초라고 부를 수 있을까. 너는 기억 속에서 갈 길을 잃는다. 너는 비가 잠시 오는 동안까지의 잠. 이윽고 비가 그치면 일어나야 하는 것. 너는 걸어가는 것. 너는 것. 너는 자는 모습들을 몰래 건드려본다. 너는 슬며시 한다. 너는 아무것도 하지 않은 채 건드려볼 수 있나. 비가 오는 동안만 자렴. 그리고 일어나야지. 그렇게 혼잣말하며 네가 슬며시 건드려볼 때 그건 나인가, 내 개인가. 너는 걸어가는가. 안개처럼 너는 특유의 눈빛으로 마을을 잘 지키는 손. 너는 혀를 내밀고 웃는 얼굴. 너는 도토리를 줍는 발. 너는 것. 너는 것. 너는 다만 걷는 것. 다만 걷는 것. 비가 오는 동안만 자렴. 다시 깨어나렴.

# 합정

인간의 몸이 너무 크다고 생각하며
나는 한낮에 걷고 있었죠
처형터라 물이 필요해 우물을 팠는데
민물조개가 많이 나왔다는 곳
이후 그곳에 지어진 건물을 직장 삼으면서
오랜 시간이 지나 여기 있구나, 감각하면서는
인간의 몸이 너무 크다고

나는 움직임이 느려지기도 했죠
걷다가 사로잡히기도 했으니까
흰 개가 지나다니는 합정
다리가 세 개뿐인 흰 개와 함께 걷는 산책자 인간
그 둘의 모습을 지켜보면서
둘 사이 어디 즈음 마중나갈 수도 있을까
복을 빌어주었는데

오래 남을 장면들은 무엇인가
혼자 떠올려보았어요
언제였나, 우리
합정에서
인간의 미련이 중요하다고 중얼거렸던 때는
함께해본다는 것이
끝까지 인사하려 한다는 것이

## 단소 소리

나는 이고 지고 갔는데
그것은 내 엄마였나
하지만 엄마의 형체가 아니라
보드라운 나무 둘인 듯
움직일 때마다
달그락 소리가 나고
걸을 때 나는 추스르고
이고 지고
문득 그것을 내 아이라고 느꼈나
내 아이가 나무 둘처럼 생겼다고
서서히 자라나고 있었나
어쩌려나
자라나서
어느 순간 내 아이가 그 모습을 자각하게 되면
혹 슬퍼하지는 않을까
어떻게 달랠까
꿈속에서 나는 걱정했는데
이고 지고 죽을 때까지
이고 지고 가면서
나는 다른 사람인 척
가령 나무인 척
연기했었나
코로 숨을 쉬었을 때는

단소 소리가 났어
희한하게도 단소 소리가
그 소리를 나중에 알아채고는
울었지

# 돌과 구름

돌은 테이블에 앉아 있었다. 구름은 테이블을 벗어났다. 돌은 식당에서 읊을 수 있는 것을 읊었다. 읊을 수 있는 것이라니? 그것은 노랫말을 우연히 외우게 되어서 읊는다는 말이었다. 선율은 잊었지만, 놀랍게도 물 흐르듯 단어들이 나오고 있었고, 구름은 식당을 떠났다가 마땅한 곳을 찾지 못하여 다시 들어오게 되었다. 구름은 사실 많은 걸 잊어버렸는데, 그래서 슬퍼하고 있었는데…… 식당 안으로 들어오는 순간 돌의 말들을 듣게 되었다. 구름은 돌의 몸에서 나오는 끊임없는 말의 소리를 들으며 어느새 허밍하고 있는 자신을 발견했다. 그 허밍은 원곡과는 다른 선율이었고 그러니까 창밖에서 불어오는 바람처럼 한숨과 재채기와 하품처럼 순간적으로 이루어진 어떤 것이었다. 왜냐하면 구름은 사실 거기 없는 거나 마찬가지였으니까. 그럼에도 구름은 식당에서 돌의 말을 들으며 식사를 했다. 돌을 바라보았다. 돌은 바라보지 않았다. 대신 돌은 말하고 있었다. 구름은 창문을 통해 밖으로 나왔고 어제 꾸었던 엄마에 대한 꿈을 생각하기도 했다.

꿈속에서 구름은 어느 냇가에서 돌 표면에 서식하는 다슬기와 우렁이를 찾아내 가져왔었다. 그득한 그것들을 대야의 물속에 담가놓았고 이후에는 김이 피어오르는 물속에서 삶았고 또 옮겨 식혔다. 그날에는 늦기 선에 연체동물문이며 복족강인 그것들을 까서 국을 끓여야 한다고 생각했는데, 구름은 노력하였지만 다 할 수는 없을 것 같았다. 그러므로

자연스레 엄마를 불렀다. 엄마라니? 구름은 놀랐다. 어디에
서? 하지만 엄마는 언제나 오는 듯하지, 꿈속에서도. 그 때
문에 눈물이 나올 것 같았다. 물론 눈물은 꿈을 꾼 이후에.
꿈속에서는 당연하다는 듯이 맞이한 엄마와 함께 앉아서 그
것들을 깐다. 다 까고 나니 장면은 전환되었고, 대야의 물속
에서는 이제 물뱀과 개구리와 소금쟁이가 드나들었고, 구름
의 혈연처럼 보이는 아이가 손가락을 담가 흐느적흐느적 움
직였다. 이상한 꿈이다. 이상한 꿈이야. 구름은 눈물을 흘리
며 어디로든 가보게 되었다.

  하지만 돌은 테이블에 앉아 있었다. 돌은 구름의 눈물 속
에는 없었다. 대신 다른 눈물 속에 이따금 있기는 했으나 시
간은 흘러 어느 날에는 퇴근을 할 수 있었고 마주친 장면들
로 과거를 기억해낼 수도 있었다. 돌은 걸어갔다, 물론 어느
식당에서건 떠나서. 풍경을 보면서는 순간마다 무언가가 옆
에 있다고 깊이 지각할 수 있었는데, 그것들이 귀여워 보였
다. 그래서 말 걸고 싶기도 했다. 그중 척삭동물문이며 조강
인 까치가 마음에 남아 말 걸고 싶었다. 으흠, 흐음. 까치의
부리와 발가락이 귀여워서 오랫동안 바라보았다. 이윽고 돌
은 생각했다. 그 부리와 발가락을 쥘 수 있을까. 하지만 이
내 고개를 저으며 곧바로 놔줘야지, 하고 혼잣말했는데……
기억하는 게 미래 같았다. 퇴근길에 돌은 물을 건너기도 했
다. 물을 건너가기 위해 고안된 단단한 것이 있었다. 돌은
집에 도착했다. 내일을 생각하며 가만히 있어보았다. 가만

― 히 있으면 무언가가 건드려보기도 할 것이다. 하지만 돌은
곧 잠들었다. 꿈속에서는 말을 잊고 허밍을 했지.

―

# 여름에 어울리는 옷 사람

여름에 어울리는 사람아. 여름옷을 입었는데 너는 영 다른 사람 같다. 여름옷을 처음 입어보는 사람일 테니 그 모습이 귀엽고 신기해서 오래 들여다보는데 너는 정말 여름에 어울리는 사람이 되어 있군. 이 계절에 어울리는 사람이 되어 있네. 나도 어떤 계절이든 그 계절에 어울리는 사람이 된다면 참 좋을 텐데. 봄 여름 가을 겨울이 나를 통해 드러난다면. 그런 생각을 하다가도 하여튼 너는 지금 여름과 여름옷이 되는 사람. 여름 표정이 되는 사람아. 여름 몸짓이 되는 사람아. 여름 풀벌레와 여름 야시장이 되는 사람아. 그렇게 여름이 되어 있는 사람이므로 너는 여름 목소리를 내어 나를 부를 것 같네. 하지만 부르지는 않았는데. 그런데도 나는 웃으며 겨울 목소리를 내어 응답했는데. 나도 오래전의 여름옷을 입은 채 서 있는 사람 같았는데.

## 사랑을 굴러가게
### 한다고 그런 사랑이

사랑을 사랑하게 놔둬도 좋을까 사랑이
사랑을 굴러가게 한다고

굴러가라 하면 잘 굴러서
놓여 있는 사랑이라니

어딘가에 있는 사랑

그런 사랑이 흘러서 또 어딘가에 닿는다면

물범의 앙와위처럼
무용 시간마다 흘리는 땀처럼

창문을 통해 바라보면 구름 낀 흔들림이 맺히는 것 같은데
흔들림을 통해 바라보면 구름이 하품하며 우는 듯 웃는
듯한데

사랑

사랑과 붙여볼까

사랑과 물이라고 사랑과 결국 사랑과 플랑크톤 아래로 성
냥과 사랑 위로 목련와 알비노와 개굴개굴 사랑 옆으로 궁

둥이와 탄산 사랑과 올빼미와 흙

그 어느 사이든 굴러가게 하는

사랑의 호칭을 여럿으로 나눠본다면
쪼개지는 그 사랑의 서로 다른 방향으로 온갖 것들도 굴
러갈 것 같은데

사랑을 계속 굴러가게 해도 좋을까
사랑하게 놔둬도 좋을까

원두막의 피뢰침처럼
갯버들의 거꿀바소꼴처럼

그러면 사랑을 놓아두고 할일을 하러 가도 좋을까

## 백로

　간지러워 긁고 긁힌다는 감각 속에서 코스모스를 돌고 있
다 그 숨을 대신 쉬고 이 비를 대신 맞는다고 말할 수는 없
다 자라난다 사라진다 가을 그늘은 깊다 그 합주곡 들리지
않는다오, 그가 말한다

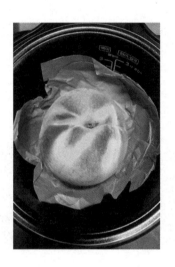

우편물을 거두어 가는 시각표

| 평 일 | 토요일·공휴일 |
|---|---|
| 17:30 | 거두어 가지 않음 |

▶ 금요일 거두어 가는 시각 이후에 투함되는 우편물은 배달이 다소 지연
될 수 있음을 양지하여 주시기 바랍니다.

▶ 요금이 부족하면 우편물이 배달되지 않고 보내는 분께 돌아갑니다.

▶ 각종 우편서비스 문의는 '1588-1300번'으로
관리책임자 : 우편물류과장 (☎02-390-9150)
담    당 : 집배실장 (☎02-390-9180)

서대문우체국장

125

**안태운** 2014년『문예중앙』을 통해 작품활동을 시작했다. 시집으로『감은 눈이 내 얼굴을』『산책하는 사람에게』가 있다. 김수영문학상을 수상했다.

문학동네시인선 216

**기억 몸짓**

ⓒ 안태운 2024

초판 인쇄  2024년 7월 10일
초판 발행  2024년 7월 18일

지은이 | 안태운
책임편집 | 강윤정
편집 | 이재현 이희연
디자인 | 수류산방(樹流山房)  본문 디자인 | 이원경
저작권 | 박지영 형소진 최은진 오서영
마케팅 | 정민호 서지화 한민아 이민경 안남영 왕지경 정경주 김수인 김혜원
      김하연 김예진
브랜딩 | 함유지 함근아 박민재 김희숙 이송이 박다솔 조다현 정승민 배진성
제작 | 강신은 김동욱 이순호
제작처 | 영신사

펴낸곳 | (주)문학동네
펴낸이 | 김소영
출판등록 | 1993년 10월 22일 제2003-000045호
주소 | 10881 경기도 파주시 회동길 210
전자우편 | editor@munhak.com
대표전화 | 031) 955-8888  팩스 | 031) 955-8855
문의전화 | 031) 955-2696(마케팅), 031) 955-2678(편집)
문학동네카페 | http://cafe.naver.com/mhdn
인스타그램 | @munhakdongne 트위터 | @munhakdongne
북클럽문학동네 | http://bookclubmunhak.com

ISBN 979-11-416-0107-2  03810

* 이 도서는 2024년도 한국문화예술위원회 아르코문학창작기금(문학 창작산실) 사업에
  선정되어 발간되었습니다.
* 이 책의 판권은 지은이와 문학동네에 있습니다. 이 책 내용의 전부 또는 일부를 재사용
  하려면 반드시 양측의 서면 동의를 받아야 합니다.

잘못된 책은 구입하신 서점에서 교환해드립니다.

기타 교환 문의: 031) 955-2661, 3580

www.munhak.com

문학동네